Disney
PRINCESA
CB042792
Destaque & Brinque
Editora Melhoramentos

Diagramação: Amarelinha Design Gráfico

Direitos de publicação:

1ª edição, junho de 2021
ISBN: 978-65-5539-307-1

Atendimento ao consumidor:
Caixa Postal 729 – CEP 01031-970
São Paulo – SP – Brasil
Tel: (11) 3874-0880
www.editoramelhoramentos.com.br
sac@melhoramentos.com.br

A ficha catalográfica deste livro encontra-se
na Editora Melhoramentos

Impresso no Brasil

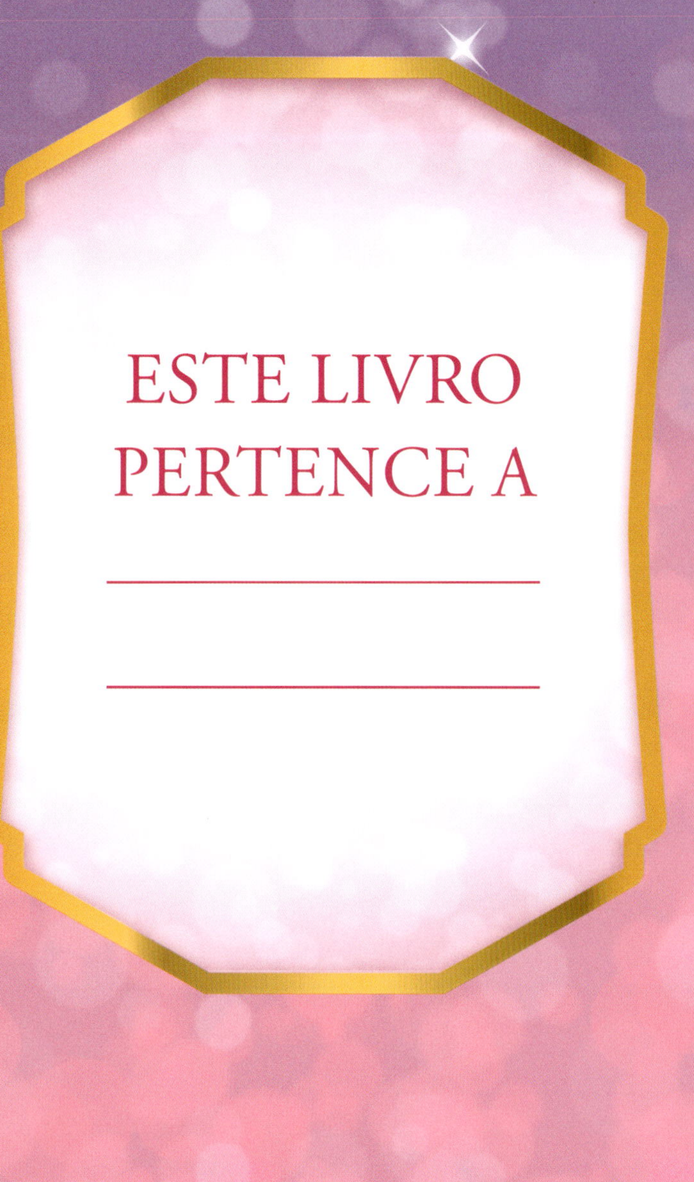
ESTE LIVRO
PERTENCE A

Tiana

Cozinheira de mão cheia, Tiana sempre sonhou em abrir seu próprio restaurante. Para isso, ela trabalhou duro dia e noite, juntando cada centavo para conseguir economizar o suficiente e ter seu restaurante chiquérrimo.

Um dia, o Príncipe Naveen, que tinha sido enfeitiçado, surgiu em sua vida na forma de um sapo. Pensando que Tiana fosse uma princesa, pediu-lhe um beijo, acreditando que isso poria fim ao feitiço. O plano não saiu como esperado, e Tiana também acabou se transformando num sapo. Os dois então partiram em busca de algo que pudesse finalmente desfazer o feitiço e, nessa busca, acabaram aprendendo muito um com o outro.

Tiana's
Palace

Rapunzel

Determinada e criativa, Rapunzel desenvolveu habilidades artísticas únicas como meio de se expressar. Raptada do palácio real quando criança por Mamãe Goethel, vive desde então isolada em uma torre. Ela, porém, deseja secretamente conhecer o mundo; e sente que tem a chance perfeita quando o jovem aventureiro Flynn Rider cruza seu destino.

Rapunzel não sabe que é a princesa perdida. Porém, mesmo assim, mantém a coragem e a bondade em seu coração, atributos verdadeiros de uma princesa.

Jasmine

Jasmine é uma princesa decidida e corajosa que sonha em ver o que está além dos muros de seu palácio em Agrabah, e também em poder se libertar das ideias de casamento arranjado de seu pai, o Sultão.

Certo dia, em busca do próprio destino, Jasmine fugiu e acabou conhecendo Aladdin. Interessante e humilde, o jovem fez a princesa perceber que, apesar de pertencerem a mundos diferentes, os dois tinham muitas coisas em comum.

Aladdin não tinha muito a oferecer à princesa, além de um coração de ouro e bastante entusiasmo pela vida, mas isso era mais do que o suficiente para que ela se apaixonasse por ele. Livre para escolher a quem amar, Jasmine então descobriu um novo mundo diante de seus olhos.

Bela

Em um pequeno povoado na França, vivia Bela, uma jovem inteligente e alegre, considerada diferente das demais. Ávida leitora, amava as histórias que a faziam sonhar.

Um dia, porém, sua vida se transformou: para proteger seu pai, Bela acabou aceitando ser prisioneira no castelo de uma terrível fera.

Em poucos dias, com sua perspicácia e inteligência, Bela descobriu que a fera, na verdade, era um príncipe que tinha sido amaldiçoado por seu egoísmo no passado e que estava aprisionado na figura de uma besta. Esse feitiço, porém, só seria desfeito quando ele conhecesse o amor sincero. A jovem, com o tempo, conseguiu ensinar ao seu anfitrião que a verdadeira beleza está no amor que vem do coração.

Cinderela

Cinderela é uma garota gentil e decidida a realizar seus sonhos. Ela vivia com sua madrasta e duas meias-irmãs, que não mediam esforços para tornar sua vida mais difícil; porém, a jovem não se deixava abater e sempre iniciava o dia cantando.

Um dia, quando o príncipe resolveu dar um baile real e convidar todas as moças da cidade para escolher sua futura esposa, sua sorte mudou. Embora suas meias-irmãs e madrasta tenham tentado arruinar o plano de Cinderela ir ao baile, ela contou com a ajuda de alguém muito especial: uma Fada Madrinha. O príncipe, por fim, encantou-se por sua beleza e Cinderela passou a ter a vida que sempre sonhou, cercada de muito amor.

Branca de Neve

Sempre alegre, Branca de Neve é uma linda princesa que ama cantar para os bichos da floresta. Ela vivia com a Rainha, sua cruel madrasta.

Com o tempo, tornou-se a moça mais bela do reino, e a Rainha, com inveja, decidiu mandar matá-la. Assim que soube do plano, a princesa fugiu floresta adentro e, com sua gentileza e bondade, fez novos amigos que a acolheram – os sete anões. Mas a Rainha má logo descobriu que Branca de Neve continuava viva, e bolou outro plano cruel: envenená-la com uma maçã enquanto os anões estivessem trabalhando.

Envenenada, a princesa caiu em um sono profundo e os anões a colocaram em um esquife de vidro, em eterno repouso. Mas sua beleza atraiu um jovem príncipe, que antes já gostava de ouvi-la cantar. Um beijo de amor verdadeiro entre eles pôs fim ao feitiço. E, assim, Branca de Neve despertou e casou-se com o belo príncipe. A princesa sempre voltava à floresta para cantar para os bichos e visitar os anões, seus amigos leais.

Ariel

Dona de uma linda voz, a sereia Ariel vivia nas profundezas do mar. Curiosa e aventureira, ela adorava explorar o fascinante reino submarino, mas também tinha o sonho de viver no mundo dos humanos.

Seu pai, o Rei Tritão, não confiava nos humanos e proibia a filha de ir até a superfície.

Um dia, após uma tempestade, Ariel resgatou o jovem Príncipe Eric, que tinha sido arremessado ao mar. A linda sereia logo se apaixonou por ele. Para realizar seu sonho de viver em terra firme, Ariel fez um acordo com Úrsula, a bruxa do mar, mas acabou sendo enganada. Apesar disso, Ariel, Eric, as criaturas marinhas e o Rei Tritão, conseguiram acabar com a magia de Úrsula.

O rei então percebeu que os humanos não eram tão perigosos, afinal, e libertou a filha para viver a vida que sempre sonhou na superfície.

Mulan

Mulan é uma jovem leal e valente, mas sua família desejava que ela fosse graciosa o bastante para arrumar um pretendente num casamento arranjado. Mulan não aceitava a ideia de um casamento sem amor, mas não queria desonrar sua família.

Um dia, ela recebeu a má notícia de que os hunos tinham invadido a China. Mulan, então, decidiu se disfarçar de homem e se unir ao exército no lugar de seu pai, que era idoso e doente.

Os treinamentos do Capitão Li Shang não eram nada fáceis, mas a jovem perseverou e superou todos os desafios. A tropa sofreu uma emboscada, mas Mulan habilmente tomou uma decisão que salvou o grupo. Porém, nem todos os inimigos foram derrotados e eles seguiram para dominar o imperador. Apesar de sua identidade ter sido descoberta tempos depois, Mulan não desistiu da missão de salvar o imperador, lutar ao lado de seus amigos e vencer a guerra.

A paz voltou a reinar na China, e, assim, Mulan trouxe honra e glória para sua família à sua maneira.

Pocahontas

Filha do cacique da tribo Powhatan, Pocahontas é uma jovem de coração e espírito livres que tem uma forte conexão com a natureza. Um dia, ela avistou um barco invasor à margem do rio. Os colonizadores queriam dominar suas terras e seu povo.

John Smith, o capitão, e Pocahontas começaram a se comunicar, mesmo com suas diferenças culturais. O amor acabou florescendo entre eles, e Pocahontas ensinou ao capitão sobre o respeito de seu povo pela terra e pelas criaturas. John passou a ver o mundo por uma nova perspectiva.

Mas o capitão precisava decidir entre lutar a favor de seu povo ou do novo povo que tinha aprendido a amar. Após um combate, John voltou a Londres para se curar da batalha, mas Pocahontas decidiu ficar em sua aldeia e cuidar de sua terra e dos que nela viviam.

Moana

Moana é uma jovem obstinada e cheia de entusiasmo, e desde criança se sentia atraída pelo oceano, o único lugar que as pessoas da ilha eram proibidas de explorar. Seu pai, o Chefe Tui, pressionava-a para que seguisse seus passos e se tornasse uma grande líder.

Quando Moana descobriu que sua ilha estava ameaçada por uma maldição, ela quebrou as regras e velejou rumo a uma aventura épica para corrigir os erros do passado.

O mar a levou até outra ilha, onde encontrou o semideus Maui. Mas, sem seu anzol mágico, Maui não tinha poderes para ajudar Moana em sua missão. Então, os dois foram em busca do anzol e de outras aventuras.

Moana lutou bravamente, restabeleceu a harmonia entre as ilhas e seu lar recuperou o esplendor. Ela se tornou uma verdadeira líder, capaz de ensinar seu povo a ultrapassar os limites e ir em busca da verdade.